L'autruche
et l'ours polaire

Il y a déjà toute une ménagerie sur notre site :
www.soulieresediteur.com

L'autruche
et l'ours polaire

un roman de Hélène de Blois
illustré par Guillaume Perreault

SOULIÈRES
ÉDITEUR
www.soulieresediteur.com

case postale 36563 — 598, rue Victoria
Saint-Lambert (Québec) J4P 3S8

Soulières éditeur remercie le Conseil des Arts du Canada et la SODEC de l'aide accordée à son programme de publication et reconnaît l'aide financière du gouvernement du Canada par l'entremise du Fonds du livre du Canada (FLC) pour ses activités d'édition. Soulières éditeur bénéficie également du Programme de crédit d'impôt pour l'édition de livres – Gestion Sodec – du gouvernement du Québec.

Dépôt légal : 2015

Catalogage avant publication de Bibliothèque et Archives nationales du Québec et Bibliothèque et Archives Canada

Blois, Hélène de, 1969 -
L'autruche et l'ours polaire
(Collection Ma petite vache a mal aux pattes : 131)
Pour enfants de 7 ans et plus.

ISBN 978-2-89607-312-2

I. Perreault, Guillaume, 1985- . II. Titre. III. Collection : Collection Ma petite vache a mal aux pattes ; 131.

PS8553.L564A97 2015   jC843'.54   C2014-941831-0
PS9553.L564A97 2015

Illustration de la couverture et illustrations intérieures:
Guillaume Perreault

Conception graphique de la couverture:
Annie Pencrec'h

Logo de la collection:
Caroline Merola

*À Étienne,
mon ourson préféré*

1

Deux nouveaux pensionnaires

Au zoo Cahin-caha, il y a une tortue, un lama, un lézard, un putois, une tourterelle triste… Il y a un pauvre lion empaillé, une girafe à moitié folle qui se prend pour un pic-bois et une horde de pigeons qui picorent les détritus débordant des poubelles.

L'autruche et l'ours polaire

Au zoo Cahin-caha, vivent aussi, depuis peu, une fière autruche et un splendide ours polaire.

Mais ces deux-là, croyez-moi, n'ont pas grand-chose pour se plaire…

Capturés trois jours plus tôt, l'ours et l'autruche viennent tout juste d'arriver au zoo. Encore sous le choc, trop orgueilleux peut-être, ils évitent de se parler.

L'ours, le premier, rompt la glace.

— Fraîchement débarquée ?

— Ouais… fait l'autruche en affectant un air détaché. Et toi ?

— Moi ? Bof… Suis arrivé ce matin.

À présent, ils se regardent. Ils se toisent, s'observent en silence… Soudain, ils ouvrent de grands yeux effarés. L'ours se raidit. L'autruche fait un bond en arrière. Elle hurle, manque de s'étrangler.

— Mais ce n'est pas possiiiiiible !

Elle et l'ours sont dans la même cage. LA MÊME CAGE ! Ça, alors ! Fallait-il que le zoo manque de place à ce point ! L'oiseau, affolé, court dans tous les sens en répétant : « Ce n'est pas possible, pas possible, pas possible !... »

L'ours, bon joueur, se laisse rouler sur le dos et se met à rire, rire, rire… Puis il s'arrête net. Il sue maintenant. À grosses gouttes.

L'autruche et l'ours polaire

— Y'a quelque chose qui cloche, fait-il remarquer.

L'autruche s'immobilise. Un long frisson lui parcourt les pattes.

— Tu as raison. On gèle, ici.

— Mais non, voyons ! On crève. C'est la canicule !

— Tu te trompes, mon vieux. Ça caille !

L'ours se fâche.

— Puisque je te dis qu'il fait trop chaud, pauvre greluche !

— Rustaud !

— Andouille !

— Cornichon !...

Non, assurément, l'ours et l'autruche n'ont pas grand-chose pour se plaire... Mais voilà. Ils vivent désormais ensemble.

Pour le meilleur et pour le pire.

2

Le meilleur, le pire et Gustave entre les deux

Le pire, c'est la nourriture qu'on leur donne chaque matin: des croquettes pour chats. Périmées, en plus !

Le pire, ce sont aussi les visiteurs, une bande de mal élevés qui leur jettent des cacahuètes par la tête.

— On n'est pas des singes ! grogne l'ours.

Ça fait rire les enfants, qui se mettent à lancer tout ce qui leur tombe sous la main : des boulettes de papier, des croûtes de pizza, des bouts de crayons…

Mais le pire du pire, c'est le mal du pays. Dans leur cage étroite et sans horizon, l'autruche se rappelle avec regret sa chaude savane, tandis que l'ours, mélancolique, rêve à sa froide banquise.

Et le meilleur, là-dedans ? Disons qu'il est à venir… En attendant, un pigeon se pose dans leur cage. Il se nomme Gustave. Il prétend avoir fait le tour du monde.

— Vraiment ? fait l'autruche, impressionnée. Le tour du monde ?

— Pardi ! Je suis un pigeon voyageur.

Gustave, beau parleur, s'empresse de vanter son service de messagerie, simple, rapide, efficace.

— Et je ne perds jamais le nord !

— Rien à cirer… grommelle l'ours, de mauvaise humeur.

Le pigeon ne se laisse pas démonter.

— Si vous avez besoin de moi, sifflez. Le temps de roucouler « rumba rumba ! », je serai là.

Puis, mine de rien, il s'avance vers le bol de croquettes. L'ours rugit.

— Bas les pattes !

Et le pigeon s'envole.

3

Avec grand plaisir,
très chère !

— Si on essayait d'être plus gentils ?
suggère l'autruche.

Pour toute réponse, l'ours détourne la tête.
La gentillesse, ce n'est pas son affaire.

« D'ailleurs, pense-t-il, quand on vit dans
un zoo pareil, on a mille fois raison de se
montrer de mauvais poil. »

Mais l'autruche voit les choses d'un autre oeil.

— Ce n'est pas parce qu'on est des animaux qu'on doit se comporter comme des bêtes sauvages !

L'ours ronchonne. Il fait « ouais… », « bof… », « euh… »…

Après un moment, il dit :

— Tu as raison, Vieille Branche. Tâchons d'être plus gentils.

Et top là ! Sur ce, ils font un essai.

— Me passerais-tu un peu de croquettes, mon bel ami ?

— Avec grand plaisir, très chère.

Le jeu les amuse. Ils en rajoutent. Ils se lancent des fleurs, se disent « merci », « pardon », « plaît-il ? » à qui mieux mieux. L'ours, la bouche en coeur, complimente l'autruche sur la grâce de son cou. L'oiseau, ravi, bat des cils et s'extasie devant la force de son

L'autruche et l'ours polaire

nouvel ami. Bientôt, l'un et l'autre poussent
la gentillesse jusqu'à se dire des mots doux.
— Ah, compère…
— Ah, ma mie…
— Ah, mon loup…
Mais bien vite, le jeu tourne au vinaigre.

— Je ne suis pas un loup ! Je suis un ours !

— Gros bêta ! C'est une façon de parler !

— Peut-être, mais ton loup, je n'en ferais qu'une bouchée !

Et ils éclatent de rire.

Non, vraiment, ces deux-là n'ont rien pour se plaire. Mais ça ne les empêche pas de rigoler !

Puis lentement, sûrement, ils reviennent à leurs premières amours.

— Ô, ma douce Tanzanie…

— Ô, ma bien-aimée banquise…

L'autruche raconte à son ami ses sprints dans la savane, les volcans majestueux de son pays, le ciel bleu immense… L'ours, l'oeil humide, lui parle des splendeurs du Nunavut, de ses aurores boréales, des joyeuses roulades dans la neige glacée…

Puis, chacun se tait, perdu dans ses souvenirs, trop ému pour poursuivre davantage.

4

Ce n'est pas juste !

Un jour, l'ours demande à l'autruche :

— Dis donc, on t'a demandé ton avis pour t'emmener ici ?

— Qu'est-ce que tu crois ! répond l'oiseau en roulant les yeux vers le ciel. Ils m'ont littéralement kidnappée. Et ils ont bien failli me tordre le cou ! Regarde, j'ai encore les marques, là...

— Moi, ils ont attendu que j'aie le dos tourné. Et vlan ! Une fléchette dans la fesse droite.

— Ah, la vache !

L'ours et l'autruche secouent la tête, indignés. Quelque chose ne passe pas. Comme une croquette avalée de travers. Plus ils y pensent, plus ça les met en rogne. Non, mais c'est vrai ! On les a sauvagement capturés pour ensuite les jeter dans une cage. En voilà, des manières ! Et qu'ont-ils fait pour mériter un destin pareil ? Rien. Trois fois rien.

— Ce n'est pas juste, s'écrie l'autruche.

— Pas juste ! Pas juste ! renchérit l'ours, outré, lui aussi.

Ils décident alors de protester, de faire un boucan pas possible. L'autruche, déchaînée, fait claquer son bec comme des castagnettes. CLAC ! CLAC ! CLAC ! CLAC ! CLAC ! L'ours se dresse sur ses pattes arrière et pousse un rugissement terrible.

— GROOOAAAARRRR !

Les quelques visiteurs, aux alentours, s'éloignent, apeurés. L'autruche glisse sa tête hors de la cage et se met à hurler :

— J'EN AI ASSEZ D'ÊTRE ICI ! JE VEUX RENTRER CHEZ MOI !

L'ours secoue les barreaux avec force. Il rugit de plus belle.

— GROOOAAAARRRRRRRRRRRRRR ! **GROOOAAAAARRRRRRR** !

Le gardien du zoo, enfin, sort de sa cabane. Il s'avance avec sa barbe de trois jours et son haleine fétide.

— C'est quoi, ce tapage… marmonne-t-il, d'une voix pâteuse.

Il s'arrête devant la cage et brandit une arme. L'ours reconnaît le fusil à fléchettes. Effrayé, il court se réfugier au fond de sa prison. L'autruche, pas plus greluche qu'une autre, s'aplatit sur le sol, espérant disparaître dans le décor.

— On reste calme, dit le gardien. Sinon…

Il fait mine de tirer. L'ours et l'autruche tremblent comme des feuilles. Le gardien ricane.

— Hé, hé, hé…

Puis, il ajoute :

— Vous serez privés de nourriture pendant trois jours. Ça vous servira de leçon !

Et il retourne dans sa cabane.

5

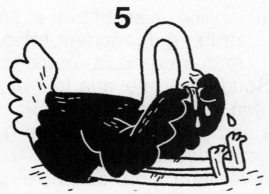

Une missive

Nos deux amis n'en mènent pas large.

L'autruche pleure à gros bouillons.

L'ours, honteux, tourne en rond.

— Arrête un peu, lui dit l'oiseau, entre deux sanglots. Tu me donnes le tournis.

L'ours continue.

— C'est plus fort que moi. Ça me rend fou. Je suis comme un ours en cage. Ah, si seulement…

Il s'immobilise, laissant traîner son regard sur les détritus qui jonchent le sol : cacahuètes, croûtes de pizza, boulettes de papier... Soudain, il relève la tête et se met à siffler « Ma cabane au Canada ».

« Il a perdu la boule », songe l'autruche, encore toute débobinée.

Gustave vient alors se poser dans leur cage.

— Vous m'avez appelé ?

Et sans plus attendre, le pigeon se dirige vers le bol de nourriture. L'autruche, d'un coup, retrouve son aplomb :

— Pas si vite, pique-assiette ! On vient de se faire couper les vivres !

L'ours lui fait signe de laisser faire. Des croquettes, Gustave en aura bien besoin ! Quant à lui, l'ours, il lui faut maintenant l'aide de l'autruche, de son bec pointu, de ses pattes griffues, pour défroisser une boulette de pa-

L'autruche et l'ours polaire

pier, attraper un bout de crayon et, sous sa dictée… écrire une lettre :

Autruche et ours polaire
prisonniers au zoo Cahin-caha.
Nourriture infecte
Gardien méchant
Température exécrable
Pitié ! Aidez-nous à nous évader !

La lettre terminée, l'autruche déborde d'enthousiasme.

— Tu es génial, Grosses Paluches !

— Pas mal, pas mal… reconnaît le pigeon, avant d'avaler sa dernière croquette.

L'ours, satisfait, lui remet sa missive.

— Es-tu prêt pour ta mission ?

— 10-4, mon capitaine ! Quelle destination ?

L'ours pousse un long soupir. Il n'en sait trop rien. Mais le pigeon est futé. Il a fait plusieurs fois le tour de monde. Il connaît des tas d'adresses, et bien plus encore !

— Comptez sur moi, dit Gustave en bombant le torse. Votre lettre arrivera à bon port !
Et le pigeon, plus confiant que jamais, prend son envol.

6

Animaux Sans Frontières

À mille trois cents kilomètres du zoo, au dernier étage d'un immeuble, une belle rousse à lunettes épluche son courrier. Elle s'appelle Océane. Elle est à la tête d'un organisme qui s'occupe de protéger les bêtes, petites et grosses : ANIMAUX SANS FRONTIÈRES.

Océane adore les animaux, tous, sans exception, même les araignées et les boas constrictors. Quand elle aperçoit Gustave sur le rebord de sa fenêtre, elle s'exclame, ravie.

— Un pigeon voyageur ! Comme il est mignon !

Océane lui offre des biscuits et un peu de thé. Gustave roucoule de plaisir. Gustave est aux anges. Mais le devoir avant tout. Le pigeon remet d'abord sa missive.

— Oh là là… s'exclame la rouquine en lisant le bout de papier. Il faut faire quelque chose !

Et tandis que le pigeon picore son deuxième biscuit, Océane s'installe devant son ordinateur et envoie un message urgent à tous les membres d'*Animaux Sans Frontières.*

7

Du courrier
pour le gardien

Trois jours plus tard, le gardien du zoo trouve dans sa boîte aux lettres une magnifique carte postale. Cela l'étonne. À part des circulaires, il ne reçoit jamais de courrier. Il retourne la carte et lit :

**SVP, LIBÉREZ L'AUTRUCHE
ET L'OURS POLAIRE !**
Sarah,
membre d'Animaux Sans Frontières

Le gardien pouffe de rire.
— Ha ! Ha ! Elle est bien bonne, celle-là !
Puis, il déchire la carte.

Le lendemain, sa boîte aux lettres déborde de courrier. Des centaines de cartes postales lui sont parvenues des quatre coins du globe. On y voit tantôt une forêt, tantôt une ville ou une plage, le plus souvent un joli paysage. Les bouts de carton sont signés Tom, Trang, Yoko, Youri, Bachir, Bamako, Carlos, Claudette, alouette ! Le gardien fronce les sourcils. Il ne connaît aucun Tim, Trung, Youki, Babacool, ni Ginette ou Machin Chouette ! Pire :

L'autruche et l'ours polaire

toutes ces cartes proviennent de membres d'*Animaux Sans Frontières*. Toutes portent le même message : LIBÉREZ L'AUTRUCHE ET L'OURS POLAIRE !

De mauvaise humeur, le gardien prend les cartes et les jette à la poubelle.

Le surlendemain, un camion de la poste vient vider son contenu devant sa cabane, puis repart, laissant derrière lui... une montagne de cartes postales ! Il y en a tant et tant que celles-ci en bloquent l'entrée. Le gardien, rouge de colère, doit sortir par la fenêtre.

— Mais qu'est-ce que...

En voyant les millions de couchers de soleil, de villes, de forêts, de stupides paysages former un monticule géant, l'homme change de couleur.

— C'est... C'est sûrement une erreur... bredouille-t-il, blanc comme un linge.

Les mains tremblantes, il prend une carte : LIBÉREZ L'AUTRUCHE ET L'OURS POLAIRE ! Il s'essuie le front, en prend une autre : LIBÉREZ L'AUTRUCHE... Puis une autre : LIBÉREZ...

— Arrrgggh ! Ça ne se passera pas comme ça !

L'autruche et l'ours polaire

Fou de rage, il empoigne une pelle et déblaie l'entrée de sa cabane.

Les jours suivants, quand le même camion revient déverser, encore et encore, des tonnes de cartes postales, le gardien croit en perdre la raison. Il s'arrache les cheveux, se tape la tête contre les arbres, ne sait plus où donner de la pelle... Il y en a trop. Tout simplement trop de ces satanés bouts de carton ! Ceux-ci ont englouti sa cabane. Ils bloquent maintenant l'entrée du zoo, encombrent les allées, débordent jusque dans le stationnement.

De temps à autre, le vent souffle une carte dans la cage de nos deux compères. Pour leur plus grand plaisir...

— Foi d'autruche, il y a du pigeon là-dessous !

— Tu l'as dit, Vieille Branche !

La liberté !

Un matin, à bout de nerfs, le gardien va trouver nos deux amis.

— Vous êtes libres.

L'autruche tourne sa petite tête vers l'ours, qui tourne son gros museau vers l'autruche. Tous deux se regardent, l'air de dire : « Ai-je bien entendu ? »

— Vous êtes libres ! répète le gardien, pas content du tout de leur annoncer cette bonne nouvelle. On vous renvoie chez vous. Et pas plus tard que ce soir !

Sur ce, il fait demi-tour et s'en va. Nos deux compères, complètement babas, le regardent longer la cage du lion empaillé, passer sous le nez de la girafe, indifférente, et disparaître au détour d'une montagne de cartes postales. Puis, soudain, c'est l'explosion de joie.

— Hip hip hip…

— Yahououououououououou!

L'autruche secoue ses ailes et se met à danser le mambo. L'ours, hilare, se dandine sur ses pattes arrière, prêt pour une polka. L'autruche enchaîne avec un disco, un pogo, une macarena. Youpi ! Hourra ! Ils sont libres. Enfin libres ! L'ours commence à siffler. Il pense maintenant à Gustave, ce brave pigeon. Qu'il vienne donc fêter avec eux ! Mais le pigeon n'arrive pas. Il est trop loin, à mille trois cents kilomètres du zoo, auprès d'une belle rousse à lunettes, gavé

de thé et de biscuits secs, heureux comme un pacha… Qu'importe ! L'ours et l'autruche vont bientôt rentrer chez eux. Youpi ! Hourra ! Vive la liberté !

Le soir venu, un camion vient les chercher. On les place dans une cage, séparément, cette fois. Puis le camion s'en va. Direction : l'aéroport. De là, deux avions les attendent, l'un pour l'Afrique, l'autre pour l'Arctique.

À l'arrière du camion, malgré la pénombre et les cahots de la route, l'ours et l'autruche soupirent de bonheur.

— Ah, ma chaude Tanzanie…

— Ah, ma froide banquise…

Mais là s'arrête leur rêverie. Car nos deux amis savent qu'ils devront bientôt se quitter, sans doute pour toujours.

Le camion s'immobilise ; ils sont arrivés. Le coeur de l'autruche se serre.

— Tu vas me manquer, Grosses Paluches.

Les larmes aux yeux, les deux compagnons s'échangent leur adresse et promettent de s'écrire. Ils songent même à se rendre visite, un jour, qui sait…

La porte arrière s'ouvre. Deux hommes arrivent, chacun à bord d'un chariot élévateur. Ils prennent les cages et les transportent vers l'aérodrome. Portées par les chariots, les cages avancent côte à côte sur le tarmac, puis se séparent, s'éloignent l'une de l'autre… Et tandis que la nuit tombe, l'autruche entend au loin un dernier rugissement :

— Adieu, Vieille Branche…

9

L'incroyable

L'histoire pourrait s'arrêter là. Mais l'incroyable parfois se produit.

Grossière erreur ou pur sabotage ? On ne le saura jamais. Nos deux compères furent envoyés dans la mauvaise direction : Vieille Branche au Nunavut et Grosses Paluches en Tanzanie. Les pauvres ! Vous auriez dû voir l'autruche grelottant de toutes ses plumes sur sa misérable banquise. Quant à l'ours polaire, suant et suffoquant, il faillit bien mourir de chaleur sous un acacia.

Par chance, une famille d'Inuit en safari prit l'ours en pitié, le mit dans une grosse malle et le ramena sans plus tarder chez lui, au Nunavut. Ainsi, notre ami put enfin regagner sa froide et bien-aimée banquise... La chance sourit également à l'autruche quand un couple de Tanzaniens la trouva les deux pattes enfoncées dans la neige, à moitié frigorifiée. Les Tanzaniens, qui avaient bon coeur, interrompirent aussitôt leur lune de miel, cachèrent l'oiseau dans leurs baggages et le ramenèrent *illico* dans sa douce et tendre et chaude savane.

Ainsi se termine cette histoire. L'autruche et l'ours polaire n'avaient pas grand-chose pour se plaire, il est vrai. Mais ils se plurent terriblement à s'écrire de longues lettres pleines de boutades et de tendresse, prenant plaisir

à se remémorer des souvenirs qu'ils embel-lirent au fil des ans, et ce, tout le temps que dura leur longue, très longue amitié.

Épilogue

Si un jour vous passez devant le zoo Cahin-caha, n'y allez pas. Il n'y a plus rien à voir, croyez-moi. C'est un zoo fantôme…

Échaudé par cette histoire de courrier, le gardien a remis la tortue, le lama, le lézard, le putois en liberté et la tourterelle triste… au petit bonheur la chance. Le lion empaillé s'est fait adopter par un vieux collectionneur et les pigeons ont quitté les lieux, faute de visiteurs.

Quant à la girafe à moitié dingo, elle s'est enfuie avec un pic-bois. On raconte qu'ils filent le parfait amour…

Hélène de Blois

 C'est en voyant l'ours et l'autruche en peluche de mon fils, bien installés côte à côte sur le divan, que tout a commencé. Vous savez, cette première phrase qui vous fait poser le plumeau pour prendre la plume ? Cette première étincelle qui vous lance sur le papier, qui fait débouler les idées ? Eh oui, c'est ainsi que tout a commencé ! Par ces quelques mots que j'ai dit tout haut : « L'autruche et l'ours polaire n'avaient pas grand-chose pour se plaire… »

Une bonne dizaine de brouillons plus tard, voilà les deux bêtes réunies à nouveau, pour le meilleur et pour le pire, au zoo Cahin-caha. Doués de parole, capables de s'insulter au passage, mais aussi de rugir, de grogner ou de claquer furieusement du bec, nos deux héros sauront malgré tout faire preuve d'humour et de solidarité afin de donner un tour plus heureux à leur destinée.

Guillaume Perreault

 Après ses études en design gra-
phique, Guillaume Perreault opte
pour l'illustration et la bande des-
sinée à la pige. Ses outils de tra-
vail favoris sont le stylo, le crayon
et une touche d'humour. Il travaille
principalement dans le domaine de
l'édition jeunesse, mais il se laisse
tenter aussi par les expositions, les collectifs, l'illustration commerciale et encore un peu de graphisme.

Natif de Rimouski, il réside en ce moment à Gati-
neau. Avec *Cumulus*, un titre qu'il vient de faire pa-
raître chez Mécanique Générale, il fait ses débuts
à titre d'auteur et il flotte depuis sur un nuage...

GARANT DES FORÊTS
INTACTES

Ce livre a été imprimé sur du papier Sylva enviro
100 % recyclé, traité sans chlore, accrédité Éco-Logo
et fait à partir d'énergie biogaz.

Achevé d'imprimer
à Montmagny (Québec)
sur les presses de Marquis Imprimeur
en janvier 2015

MARQUIS